Budenzauber

Geschichten von Nebenan......

Hermann Caspar

Cover:
Marian Metulzki, Trinkgedächtnisse, Temple Bar III,
Acryl und Schellack auf Leinwand, 2019
Mit freundlicher Genehmigung des Künstlers

Bibliographische Information der Nationalbibliothek: Die
Deutsche Nationalbibliothek verzeichnet diese Publikation in
der Deutschen Nationalbibliographie; detaillierte
Bibliographische Daten sind im Internet über dnb.de
abrufbar.

©2020 Hermann Caspar

Herstellung und Verlag: BoD – Books on Demand,
Norderstedt

ISBN: 9783752643725

Café Togo

Was für ein Geschmack, ein Aroma. Ich glaub, ich muss mich nochmal setzen.

Ein Defekt in der Reproduktion der Geschehnisse der vergangenen Nacht. Schon wieder.

Wo bin ich? Es muss sich etwas ändern. Ich kann nicht ständig meinen Weg ändern, nur, weil mein krankes, suchtorientiertes Hirn auf jeden Schlüsselreiz hereinfällt.

Nein, diesen Menschen neben mir kenne ich nicht. Nein, und diese Möbel sind auch nicht mein Geschmack. 70iger Jahre, mit dem Duft von Moschus.

Apropos Geschmack. Rotwein, vielleicht, Zigaretten, bestimmt, und da auf dem Nachtschrank, eine Pizza mit Ananas und Knoblauch. Da habe ich ja den Übeltäter.

Und nun? Noch schnell einen Schluck von dem Roten. Ein Schauer überkommt mich, leider nicht in der Dusche. Die ist auch besetzt. Druck auf allen Kanälen.

Rein, raus, immer dasselbe. Meine Klamotten, einen dampfenden Becher aus der Küche, riecht nach Erlösung, Erleichterung, nach Afrika, nach Togo. Stimmt, da war ich gestern stehen geblieben.

Karpfen blau

Die Zeit wird wieder hektischer, der Hunger auf Schokolade und Aachener Printen steigt exponentiell und reziprok zur Dauer des Tageslichtes.

Jeder Fahrstuhl in der Stadt wird zur akustischen Folterkammer, Beschallung durch Christmas-CD, Ausgabe 1984, in Endlosschleife.

Noch schnell ein paar Besorgungen für heute Abend. Einladung bei Freunden, bzw. Bekannten. Freunde gibt es ja dann doch nicht so viele.

Die Gastgeberin gibt sich immer total viel Mühe, eine herzensgute Person, würde meine Großmutter mütterlicherseits sagen. Er ist der Bodenständige, wirkt zwar manchmal etwas eingemauert, aber mit zunehmender äthyltoxischer zerebraler Wirkung kommt extrem viel Gelassenheit ins Spiel. Zu Beginn öffnen sich die Hemdsknöpfe, bis zum Schluss bin ich nie geblieben.

Er trinkt in letzter Zeit recht viel. Eine OK-Sucht, guter Rotwein steht in der Nahrungskette ja höher als Weizenjunge. Aber vielleicht ist es auch nur die Angst vor einem inhaltlosen Leben, anstatt das Leben zu peppen, wird der Inhalt rot aufgefüllt.

Warum tue ich mir das heute Abend überhaupt an? Ist doch klar. Als alleinerziehender Vater ist Abwechslung in der Vorweihnachtszeit mal ganz angenehm. Nicht immer nur Weihnachtsgebäck, Schleichpferde, Playmobil und Lego das wichtigste Tagesgeschäft.

Meine neue Freundin wird es heute Abend schrecklich finden, sie kennt die ganzen Leute nicht, aber das gehört zum Leben dazu, und gelegentlich zu mir.

Die Kinderbetreuung steht, ein Problem, welches von kinderlosen Menschen nie verstanden wird. Marie, das Kindermädchen, kennt die Kinder aus der Kita, das passt perfekt. Dazu ist sie ein hübsches Ding, aber das ist ein anderes Thema.

Noch einmal in den Fahrstuhl, eine Flasche Wein für Ihn und einen Schal für Sie. Blumen die welken, wirken immer so anstößig und können von Frauen falsch verstanden werden.

Auto wiederfinden, verdammt nochmal, wo hatte ich noch geparkt? Und dann ab nach Hause.

Meine Freundin hat ein Entscheidungsproblem, Schuhe, welche Schuhe für heute Abend? Ich will sie beruhigen, beraten, beschwichtigen, ziehe mich dann aber doch wieder aus der Diskussion zurück, sonst wird`s noch zu einem (End-)Scheidungsproblem.

Dabei bin ich so froh, ihr begegnet zu sein. War nach so vielen schmerzhaften Augenblicken wieder am Ausgangspunkt meiner Möglichkeiten angekommen. Und dann kam Sie. Wow, eine neue Liebe war der

Übergang zu einem Glauben an ein schönes Leben, oder sagen wir mal, ein schöneres Leben.

Das Schuhproblem wird zum Kompromiss, wir müssen los. Schnell in die Karre, 20 Minuten Fahrt und ab in die edle und immer perfekt aufgeräumte Wohnung, nein, sagen wir mal Halle. Sichtbeton, die aktuellste Kunst, überall Ücker, Mack, Lüpertz, Mr. Brainwash, Klapschus....

Die Kunst bringt etwas Farbe und Leben in die Bude. Ansonsten alles schwarzweiß.

Der Adventkaffee ist aber immer legendär. Guter Wein, lecker Essen und belanglose Wohnküchenpsychologie tun keinem weh. Gelegentliches Verrennen in unnützem Detailwissen, was keinem nützt, und reichlich unverlangte gute Ratschläge zu Lebenssituationen, die kein anderer nachvollziehen kann. Aber was soll`s, das dritte Glas lässt verzeihen, das Vierte mobilisiert eigenes Halbwissen.

Die angenehme Zeit rennt dahin. Die Aufnahmekapazität von blöden Witzen, Toleranz, Magen und Blase kommt an ihre Grenzen. Schnell noch das Bad aufsuchen, Gäste-WC ist belegt.

Doch dann, was ein Absturz. Komme auf dem Porzellan zu sitzen, seit Stunden endlich Ruhe, bis auf mein Weihnachtstinnitus, der klingt wie die Glöckchen eines Rentierschlittens.

Durchatmen, Ruhe, dumpfes Gelächter im Hintergrund. Was war das denn da, ein Plätschern? Ich blicke mich um, ob ich womöglich neben der Brille sitze. Nein, der Hintern passt. Wieder Stille.

Dann stockt mir der Atem.

In seichtem Wasser in einem Meer aus Chrom und Emaille gleitet er in einer majestätischen Bewegung dahin, Cyprinus carpio, der gemeine Karpfen.

Eine sanfte Welle, seine glänzende Flosse durchschneidet die klare Wasseroberfläche. Meine Augen fixieren seinen Blick. Sein Maul, es bewegt sich, als ob er zu mir spricht: „Ich sehne mich nach Küssen, nach Liebe, nach Glück, nach tiefem, trübem Wasser, nach meinem See, einer Endlosigkeit, die ich durchschwimmen möchte".

In der Wanne gibt er die letzten Reste der Natur von sich, ohne zu wissen und zu ahnen, warum er wirklich hier ist. „Karpfen blau".

Ein Zeitsprung. Plötzlich sitze ich auf einem orangefarbenen Frottiervorleger, sehe die Lockenwickler meiner Mutter am Alibert hängen und bunte Prilblumen auf grünen Badezimmerfliesen.

Ich muss 10 Jahre alt gewesen sein, als es bei uns Karpfen blau zu Weihnachten geben sollte. Meine Finger waren runzelig, da ich meine Hände ständig in der Wanne hatte, um dem Fisch seine glänzenden Schuppen zu streicheln.

Er bekam Brötchenklumpen zum Frühstück von mir, und jedes Mal wenn ich ins Bad ging, landete eine Hand voll Dreck in der Wanne. Somit wollte ich vortäuschen, dass er immer noch nicht seine innere Reinigung für das Fest beendet hatte.

Doch als meine Großmutter zu Besuch kam und mein Leid sah, sprach sie zu meiner Mutter, nein, Fisch zu Weihnachten, das mochte sie ja gar nicht. Nein, dann würde sie Weihnachten nicht kommen. So wurde spontan das Weihnachtsmenü geändert, es wurde Grünkohl mit Pinkel. Ein, sagen wir mal, besonderes Essen für Kinder, doch ich habe es ohne Murren seit diesem Jahr gegessen.

In einem roten Eimerchen, er passte perfekt zu meinen roten Stiefelchen, durfte ich den Fisch an den See bringen. Er glitt mir sanft aus den Händen, und ich schaute ihm noch Minuten hinterher.

Der eisige Wind zerwühlte mein Haar und gefror meine Freudentränen auf den Wangen. Es war eines meiner schönsten Weihnachten ever.

Ein energisches Klopfen riss mich aus meinem Traum. Die unruhige Stimme meiner Freundin beruhigte ich mit einem kurzen „Komme sofort".

Nachdem meine durch die Klobrille eingeschlafenen Beine wieder Kraft und Gefühl hatten, verließ ich direkt und ohne eine Verabschiedung die Lokalität.

„Schatz, lass uns an den See fahren", sagte ich schnell zu ihr und nahm sie an der Hand und riss sie mit. Sie wunderte sich noch über meine ausgebeulte Manteltasche und meinte, dass ich streng rieche.

Und wieder glitt ein Fisch aus meinen Händen und ich schaute ihm Minuten nach. Da saßen wir am Ufer des Sees und hielten uns an den nassen, kalten Händen. In dem Moment hatte ich so viel Glück und Liebe über. Der Wind zerwühlte mein Haar und Tränen gefroren auf meinen Wangen.

ewigkeiten

ewigkeiten im sekundentakt
ein leben nach dem anderen
gesichter irgendwo
in greller dunkelheit.

einsamkeiten kraftvoll
zerissen nahezu jene
gedanken verloren
am ewigen leben.

atmosphären klar
erfrischend kühl vergänglich
leben irgendwo
kraftvoll verschenkt.

erinnerung verschlossen
gesündigt gekreuzigt
und der ewigen erde
vergessen beigegeben.

süße vergänglichkeit

wie eine träge frucht
fall ich hinab in deine hände,
so prall und reif,
wo eilet der moment,
der mir die sehnsucht nimmt,
das tote ende,
welches man sucht
und niemals wiederfind.
es rinnt hinab
der süße saft der liebe,
an fingern, händen,
benetzend den heißen leib.
und dort wo er verrinnt,
wo er scheint zu verenden,
dort in der tiefe,
wo sich der geist verliert,
die macht des fleisches
nimmt dort überhand,
und erst nach hochgenuss
erblasst verstand.
es ist die frucht
die phantasie erwecked,
doch auch den hass erfüllt
in einer trägen süßigkeit.
wer einmal sie geschmeckt
verfällt der sucht,
zauber verhüllt
die falsche sinnlichkeit.
denn nun tanzt du in dem kreise
der auf seine bittre weise

dir verhindert jede flucht.
einzig wär die möglichkeit
bevor gebannt von diesen augen
die mit ihrer blauen tiefe
an dir haften,
und du dich wiederfindest
schwarz und süß
unendlichkeit.
fest umgeben dich die zarten
arme, die dich pflückten, am verbotenen baum.
wiedergeboren
unter geschmeidig anmutsvollen lenden,
dein körper sich erhebt und senkt
wie leis ein schiff sich wiegt,
im dufte eines warmen busen badend
verspürst du jede faser deiner brust,
brüllst so hinaus
den treueschwur dem teufel,
in ihren augen tränen enden.
tanzt einer fackel gleich
ihr bildnis in der luft,
du spürst sie warm
und atmest ihren duft.
zu spät um dich zu retten
so blind vor liebe
spürst du nicht deine ketten
die dich begleiten
bis zum grund der gruft,
wo dich gewürm liebkost.
vergänglichkeit der süße trost.

Budenzauber

Ein leichtes Klopfen in meinem Kopf, ich denke laut herein, herein, keine Antwort. Ich öffne langsam die Augen und entdecke mich hinter diesem Holzverschlag.

Das Büdchen; Meine Rettung. Kühles Laub als Kissen unter meinem Hintern. Die Feuchtigkeit ist mir schon bis in die Achseln gekrochen, kalter Schweiß, kein Angstschweiß, wirklich, kein Angstschweiß.

Der Totengestank der Zechen, wie ein Verpackungsfurz von gekochtem Schinken. Oder, nein, doch nur eine fast flüssige Hundewurst eines verfilzten, schwarzen Pudels, der mich mit seinen roten, großen, verheulten Augen während der Defäkation anstarrt. Der kleine Dicke von der großen Dicken.

Habe ich wieder viele Leben gerettet, nur mein eigenes vergessen. Keinen Hunger, keinen Durst. Mit blutverschmierten Händen in diesen Körpern, warm und weich, vermummte Gesichter, verhangene Stimmen, grelles Licht.

Ein Scheinwerfer, nein, es sind zwei, heißt, die Erlösung?! Schritte, sehr langsame Schritte. Ein abgenutzter Schlüssel wird behutsam und mit mehreren Anläufen in das nach Zuneigung und Öl schreiende rostige Loch eingeführt. Eine verschwitzte Hand dreht und dreht und dreht. Eine Vielzahl von bunten Schlüsselanhängern tanzen über ein Handgelenk. Sonst hat diese Hand lange keiner mehr berührt.

Eisen auf Eisen, ein Reiben und Klacken, einmal, zweimal, dreimal. Ein Ächzen, die Tür bewegt sich mit einem Ruck. Alter abgestandener Zigarettenrauch mit dem Aroma von Senf, Buletten und Flaschenbier sucht seine Freiheit. Ich muss mich fast übergeben, schlucke die warme Galle mit dem Gedanken an meine letzte Mahlzeit vor Tagen aber wieder herunter. Was war das noch, am Geschmack ist es nicht mehr zu erkennen, und meine Erinnerungen daran, nicht spektakulär.

Schritte auf knarrenden Bohlen, ein Hustenanfall, tief und produktiv, ein Pfropf mit Blut- und Nikotinaromen findet im Waschbecken sein kaltes Ende. Fliegen schrecken auf. Schalter werden mit zitternden Händen gestreichelt, ein blauweißes Blitzen, dumpfes Licht mit einem Summton wirft ein paar Lux auf das Gelsenkirchener Barock.

Pause.

Das heiße Stöhnen der Kaffeemaschine lässt meine Sinne erneut erwachen, gereizt und aufgescheucht, wie ein hastiger Schwarm aufsteigender Gänse, der mit der Sonne im Rücken einer Boeing 707 entgegenfliegt.

Wo war ich doch noch gerade, ach ja, in diesem Körper, schon recht alt, dieser Körper. Aber trotzdem aufgeschnitten und hinein mit den Händen, versunken die Finger in warmen Gedärmen, vermischt mit Wasser und Blut.

Fast leblos liegt dieser Körper vor mir. Kein Jammern, kein Klagen, nur ein rhythmisches, tiefes Atmen, ein und aus, ein und aus. Soll mich das beruhigen, ein und aus, ein und aus, oder Angst machen?

Ich versinke fast zwischen all diesen Därmen und Organen, all das soweit bekannt wie der Weg nach Hause. Nächste Ecke rechts, die Leber, dann nach kurzem Stopp, die Galle. Nach 200 Metern die nächste Straße links, da will ich hin, mein Zuhause, oder der Darm, mein Lieblingsorgan.

Wurst im Naturdarm, genau, das war meine letzte Mahlzeit, jetzt erinnere ich mich fade. War schon etwas älter die Wurst, mit Sauerkraut, war auch schon etwas älter. Da weiß man ja nie, ist jetzt die Säure von der Wurst oder dem Kraut. Aber ein guter, süßer Senf, auch schon etwas älter, bringt da den nötigen Kontrast.

Erneut abgelenkt von dem brüllenden, stakkatoartigen, bellenden Husten, fahre ich erneut hoch, erwarte wieder den Pfropfen, der in irgendeiner Ecke landen wird. Platsch, da war er.

Meine Fahrt nach Hause vor den Augen, meine Reise durch den Bauch abgebrochen.

Verträumt wische ich mir den Morgentau von meinem geliebten und gelegentlich gepflegten Oberlippenbart (hoffentlich ist es auch Morgentau) und versuche auf die Beine zu kommen. Müdigkeit schlägt mir immer wieder in die Kniekehlen, sodass ich nur mit viel Mühe auf den Beinen bleibe.

Ich wandere um das Büdchen, beliebt und bekannt wie mein, naja, da fällt mir in diesem Zustand kein Beispiel ein.

Und plötzlich: eine zitternde und bekannte Stimme: "Wie immer Kaffee und Zigarette nach einem anstrengenden Nachtdienst, Herr Doktor?"

„Sie retten mir wieder das Leben!"

Ein Hauch von Ewigkeit

Dunkelheit, absolute Dunkelheit. Ich ziehe meine stinkende, blutig verklebte Hand aus meinen Eingeweiden, einer klaffenden Bauchwunde, Resultat eines amerikanischen Dum-Dum-Geschosses, welches mir von hinten die Rückenmuskulatur und die halbe Bauchdecke weggerissen hat. In zwei Minuten sind die Sanis da, versprach man mir hoffnungsvoll vor eineinhalb Stunden. Ich sage, abgeschrieben hat man mich armes Schwein.

Ich greife in meine linke Brusttasche und suche zitternd eine Aktive. Rauchen verboten im Schützengraben, Du verrätst dem Feind deine Stellung. Zusammengekauert, halb verblutet, halb verreckt, soll er doch wissen, der elende Hurenbock, was er mir angetan hat.

Hinter diesem vermoderten Pferdekadaver wird mich wohl keiner vermuten. Ob der Gaul sich auch durch seine Zigarettenglut verraten hat, armes Geschöpf.

In einer zerknitterten Schachtel eine letzte Zigarette, danach kann mir eh alles egal sein. Ohne Zigaretten, hier vorne, wo Kanonen wie Kirchenorgeln in einer unbeschreiblichen Zeremonie wie in einer Silvesternacht ihr Andante runter jagen, um all ihre Schäfchen heimzuholen.

Feuer, wo ist dieses verdammte Feuerzeug. Alles um mich herum glüht und brennt, nur ich bekomme diese beschissene Zigarette nicht an. Endlich, dieser metallene Gegenstand in meiner Hosentasche. Abgenutzt, verbeult und vermockert.

Ein Weihnachtsgeschenk meiner Frau von vor drei Jahren. Es funktioniert noch, wie unsere Ehe. Immer wenn die Flamme vor meinen Augen aufspringt, sehe ich ihre glänzenden, blauen Augen leuchten. Gewöhne Dir bitte das Rauchen ab, sagte sie immer, Du ruinierst Dir Deine Gesundheit.

Der gelbe Schein zieht sich in den knisternden Tabak, ein erster erholsamer Zug, Erleichterung, alles um mich herum ist für einen Moment vergessen, der zweite Zug, ein Hauch von Ewigkeit.

In der Ferne bricht ein Schuss. Der singende Pfeifton eines taumelnden Geschosses durchfährt die Nacht. Ich verfolge den Ton bis an mein Ohr.

Stille, eine glimmende Zigarette verglüht auf einem stinkenden Pferdekadaver.

erinnerung

ein lachen
sonnengerötete haut
verschlossenheit
mal hochnäsig mal still
einfach weiblich.

zurückhaltung
falscher moment
das herz
kann nicht denken
einfach männlich.

vergangen
einmalige begegnung
herzklopfen
schweigende bewunderung
einfach erinnerung.

Glück

Tränen
Verschlossene Blicke
Sehnsucht
Gedankensprünge.

Arme
Süßer Geruch
Wärme.

Stille
Benetzte Lippen
Einsamkeit.

Ein Schluck
Küsse
Tränen
Und wieder allein.

Meine (rosa) Brille

Verdammt nochmal, wer hat meine rosa Brille gesehen? Hallo, hört mir überhaupt jemand zu? Jedes Mal das gleiche, wenn ich dieses zauberhafte Ding nicht auf meinem Nasengerüst sitzen habe.

Wer ist eigentlich der Typ, der da auf meiner Couch sitzt? Er sieht ja gar nicht so schlecht aus, aber er riecht und die Farbe des Pullovers passt so gar nicht zur Garnitur. Und dann nennt er mich auch noch Schatz.

Wo ist meine Briiiiiillllllllllllllllleeeee?

Nein, ich hole jetzt kein Bier, und ich möchte auch kein Stück von Deiner Calzone. Ich muss hier raus, ganz schnell.

Straßenlärm, Hundegebell, aber zumindest frische Luft. Es kommt mir alles so unbekannt vor, so spanisch vor, es spricht nur keiner spanisch.

Erst einmal losgehen, vielleicht wird es ja besser, hebt sich der Schleier der Verunsicherung. Die Sonne scheint, fühlt sich gut an, blendend, stimmt, blendet ein bisschen. Wo ist meine Brille?

Etwas bummeln gehen, vielleicht mal wieder etwas zum Anziehen kaufen.

Komische Mode diesen Sommer, alles so fummelig. Mal sehen, ob ich da überhaupt reinpasse. Der Spiegel hat heute aber schlechte Laune, gibt mir so gar kein gutes Gefühl. Zu bunt, zu schwarz, zu weiß. Und diese Speckröllchen, wo kommen die auf einmal her.

Verdammt, wo ist meine Brille?

Raus aus dem Laden, das wird heute nichts mehr. Erst einmal einen Kaffee aus Togo. Was glotzen die Leute denn so komisch?

Habe ich was im Gesicht oder bin ich so fett geworden, dass ich keine Leggins mehr anziehen sollte, hatte doch immer so schöne Beine.

Oder sehe ich mit Brille besser aus? Und die, die glotzen, was haben die nur für Sachen an, schrecklich, geht ja so gar nicht, diese komischen, hässlichen Winterklamotten.

Mein Handy piepst, Nachricht von meinem Kerl, „pass auf dich auf, du sahst vorhin, als du aus dem Haus gingst, so …………… aus".

Kann die Nachricht kaum lesen, liegt wohl an meinen feuchten Augen, wo ist meine Brille?

Noch ein Piepser, und noch ein Piepser, so schlechter Empfang hier auf der Brücke. Der Wind pfeift mir auf dem Geländer verdammt scharf ins Gesicht.

Töchterchen schickt Fotos aus dem Urlaub, sieht fast glücklich aus, ich sehe sie kaum noch. Wo ist meine Brille?

Sie macht Ihr eigenes Ding.

Der letzte Piepser, Terminerinnerung, heute, in einer Stunde, bei Dr. Seelenheiler. Mensch, das hatte ich total vergessen, konnte meine eigene Schrift auf dem Einkaufszettel heute Morgen nicht mehr lesen, so ohne Brille.

Da muss ich hin, habe schon so oft den Termin verschoben.

Wartezimmerlektüre, so eine Figur möchte ich auch haben, und so ein nettes Kleid, und diese Frisur nehme ich auch. Sieht bei mir alles momentan irgendwie anders aus. Und wo ist meine Brille?

Hallo Herr Doktor, nein, die Tabletten habe ich nicht mehr genommen, die machen so dick. Und schauen Sie nur, wie ich aussehe. Und ich sehe davon so schlecht, werde vergesslich. Ich suche ständig meine Brille. Ohne sieht alles in letzter Zeit so anders aus.

Ach ja, letzte Chemo war vergangene Woche, noch keine Ergebnisse, muss noch abwarten. Ok, soll ich diese Pille jetzt wirklich nehmen?

Es wird mir warm, ich bekomme Hunger auf Schokolade, spüre die Sonne auf meiner Haut und ein Schmunzeln auf meinen Lippen.

Wieder auf der Straße streift mir der Wind durch die Haare. Ich richte meine Perücke, und da, da ist sie, meine Brille.

Ich setze sie auf und alles sieht wieder viel rosiger aus. Die Leute lachen mich an. Wo wollte ich eigentlich noch hin. Vergessen.

Licht

Geblendet
Reflektionen
In Kristallen gelöst
Nacht nimmt Schmerz.

Geleitet
Sonne, Sterne
Zügigen Schrittes
Auf verwilderten Wegen.

Gewärmt
Strahlungen
Unruhige Quellen
In Stille gebrochen.

Gelöst
Atome
Stetiger Zerfall
Von Gras überwachsen.

Probefahrt

Dunkelblau, wie schön, und wie er glänzt, so unschuldig, fast perfekt. Ob wir da alle reinpassen?

Müssen halt dicht zusammenrücken. Mandy, Du fährst, Opa in einem Befehlston. Aktienstraße runter, Häuschen dicht an dicht, und ab auf die A 40.

Ach ne, schon wieder dicht, Stau, zusammenrücken, das kann dauern.

Zusammenrücken, das heißt Mandy, Pascal, Oma, Opa und Mutti in einem neuen Polo.

Fahr nicht so dicht auf, brüllt Mutti, eine Fahne nach Schnaps-Cola, immer ängstlich, und schon wieder dicht, morgens, halb 10.00 in Deutschland, wo ist mein Weizenjunge.

Aber Mandy ist mit den Gedanken ganz bei Opa, seinem dicht behaarten Körper, dem alten Mundgeruch, er hat ihr schließlich das Auto gekauft, fürs Dichthalten.

Opa war immer zärtlich zu ihr, sie kann sich nicht daran erinnern, wann es begonnen hatte, dass er sie auf ihre Brust und ihren knabenhaften Hintern küsste, auf ihren Hals, der Geschmack von Karamell, unvergessen, „um Dich daran zu erinnern, dass Du etwas ganz Besonderes bist, und heute ist er der Großvater".

Opa ist aber gerade abwesend, taub auf beiden Ohren, eine Granate, ganz dicht neben ihm, seinen besten und einzigen Freund hatte es zerrissen, seine letzten, ängstlichen Gedanken verteilten sich aus einer Mischung aus Blut und Hirn auf einem französischen Acker.

Opa hatte nie darüber gesprochen, dichtgehalten, mit seinen Gefühlen. Seinen Tauben hatte er alles erzählt, die hatten es in die Welt getragen, seinen Schmerz, seine Ängste, seine Schuld, aber die mussten in den Topf, zu dicht der Stall am Thyssen-Krupp Vorstandsgebäude, die Herren mögen nur die großen Rennpferde.

Zerrissen Opas Trommelfelle; Und die Nachbarschaft, zu Hause, die es nicht in den Bunker geschafft hatte. Und die es in den Bunker geschafft hatten, mal dicht am Tod vorbei, mal dicht am Leben. Die Bunkertür, dicht verschlossen, die Abluft dicht, luftdicht. Angstschweiß und Kohlenmonoxid im Übermaß, alle, farbenfroh, rosa, und doch mausetot.

Oma hatte es nicht mehr in den Bunker geschafft, ist im Keller geblieben, dicht gedrängt, mit allen Sinnen, von allen Sinnen, Glück gehabt. Obwohl die Bomben fielen, dicht an dicht, und die schönen Zechenhäuschen zerschmetterten, dicht an dicht.

Und jetzt, Vorfreude auf Frankfurter Kranz und Kaffee, Kännchen nur draußen. Hoffentlich hält die Vorlage, dicht. Ja nicht lachen, das kann in die Hose gehen, Oma war noch nie ein fröhlicher Mensch. Trümmerfrau, ja, so fühlt sie sich manchmal, nicht.

Albträume, November 1944, ausgebrannt, ihr Trost, Theodor Storm: ... immer enger leise leise........

Und wieder brüllt Mutti: nicht so dicht auffahren. Mutti ist nicht mehr ganz dicht, sagt Oma, seit Papa im Gefängnis sitzt. Depression, hat der Doktor gesagt, also nicht ganz dicht oder so. Kochen tun Mandy oder Oma oder keiner, und Putzen auch, und den Rest auch, oder auch nicht.

Papa, Grubenunglück, eingeschlossen, alles dicht, Kanarienvogel Peterle und der Haflinger Hannes, alle verreckt. Er und drei Kumpel kamen raus, der Rest, dicht unter der Erde geblieben, fossile Brennstoffe.

Papa, jetzt wieder eingeschlossen, kam mit dem Leben danach nicht klar. Jonny W. half ihm. Ist schon länger weg, hinter dichten Gardinen, war zu dicht, zu dicht aufgefahren, abgefahren, reingefahren, 5 Tote, eine ganze Familie, waren auf Probefahrt.

Pascal ist still, greift sich in den Schritt, undicht. Bonjour, sein Pimmelchen, ein goldener Tropfen jeden Morgen vor dem Frühstück. Kann mit niemandem darüber reden. Tante Clara war doch immer so nett zu ihm bis auf Ihren dichten Damenbart und die falschen Zähne. Und ihr Pudel, heißgeliebt, er war der einzige, der Liebe zeigte, ihn mit Zunge küsste, aber leider, das Kondom, undicht, und jetzt brennt es....

wie in Omas Kopf mit Brettern vernagelte Kirchen brennen, dicht, voll mit Frauen und Kindern, mit all den Betenden, wo ist Gott,

in Opas Kopf Granaten, mit all den Verwundeten und Toten, verraten vor, in und nach der Gefangenschaft, ein Mann nicht dichtgehalten, nicht Wort gehalten, wo ist Hoffnung,

in Mandys Kopf das erste Mal, mit all den Schmerzen, getan, um anzugeben, wie das Rauchen, aber nun, jede Nacht die Bilder dieses Mannes dicht vor Augen, wo ist Liebe,

in Pascals Kopf, ein kleiner harter Schwanz, das Gummi undicht, wo ist Verstand,

in Muttis Kopf der Schnaps, so klar der Weizen, und dann so klar die Gedanken, keine Gedanken, wieder dicht, wo ist das Ziel.

Und vor uns ein LKW auf der Autobahn, Sprittransporter, was tropft da, schaut, der ist undicht. Und von hinten fährt einer dicht, zu dicht auf, und …. Kohlenstoff in allen Aggregatzuständen.

10 km Stau auf der A 40, wieder dicht, Verkehrsunfall mit 5 Toten, die Feuerwehr kommt nicht durch, alle glotzen, alles dicht…………………………

Wenn das Essen ist, was ist dann erst ……

Der verdammte Wecker geht um vier, im Halbschlaf in die Küche, Kaffeemaschine an und die Schultaschen der Kinder finden.

Warum mache ich mir immer die Mühe mit den Schulbroten? Leckere Saatenkruste von Feinkost Albrecht, 2,19 €, das muss gut sein für den Preis. Mit Mortadella 200 Gramm, 49 Cent aus dem Angebot, lecker.
Haben die Stullen von gestern wieder nicht angerührt, also bleiben die Reste für mich, freue mich immer, bleibt weniger Arbeit.
Für die Kinder gibt's heute einen Euro für Bäcker Peter. Da gibt es immer ein Brötchen geschenkt, dazu eine Caprisonne, Sonne in Bio-Qualität, super.
Frage mich, warum kriegt die Tochter vom Hausarzt am Karlsplatz eigentlich auch immer ein Brötchen geschenkt, die haben doch genug.
Mittlerweile halb sechs. Der Alte müsste langsam von der Nachtschicht bei Stauder zurück sein. Nicht, dass er wieder am Büdchen vor dem Maria Hops mit den Kumpeln bis mittags hängt. Schönes Wetter, das kann dauern.
Habe noch 10 Minuten bis zum Karlsplatz, die Kinder sind gerade los, zur Gesamtschule, sind motivierte und stets bemühte Schulgänger, wie ich damals.
Mit den Noten kenn ich mich heute nicht mehr aus. Die Kinder sagen, es wäre alles in Ordnung. Der Lehrer, der immer anruft und mich zum Elternsprechtag bittet, hätte keine Ahnung. Wann soll ich da auch noch hin gegen?

Vorbei an Schneiderei, Italiener, Lottoladen, Dönerladen, Nippesladen, Post, Bäcker, da kommt man dann schon auf den Geschmack.

Noch zwei Minuten bis zur Abfahrt der U11, die Rolltreppe ist wieder kaputt. Die arme Oma mit dem Rollator will bestimmt zum Doktor über dem Bäcker.

Hole mir noch einen Amerikaner, und schnell die vielen Stufen herunter, mein Frühsport, Ticket ziehen und rein in die Bahn nach einem ekeligen, staubgeschwängerten Dreck-Fön aus der U-Bahn-Röhre.

Das Wetter ist schön, zumindest trocken. Das bedeutet, mein Freund geht nach der Nachtschicht noch an der Bude vorbei, die Kumpel von der Zeche treffen.

Das wird dann wohl später und eine feuchte Angelegenheit. Sehe die Jungs immer von weitem, wenn es in die Bahn geht, stehen direkt gegenüber vom Maria Hops. In dem Krankenhaus liegen auch immer ein paar ehemalige Kumpel von ihm rum. Sind schon in die Jahre gekommen, sieht man dann in Schlappen und Bademantel zum Rauchen raus vor der Tür.

Er tut immer so, als ob er mich nicht sieht. Stelle ihm zu Hause trotzdem einen Teller hin, Toast, Margarine und ein Bierglas.

Wahrscheinlich ist er aber dann schon satt, Bulette, ne Schachtel Kippen und ein Pils und viel sättigende Stammtischparolen aus der Bildzeitung.

Mein Ex war da anders. Nach dem Kiosk kam direkt der Kühlschrank, seine 1 bis 2 Flaschen Stauder und dann auf die Couch.

Er war immer recht übellaunig, wenn ein Durchschlafen nicht möglich war. Bin dann von meiner damaligen Putzstelle im Marienhospital immer erst in den Park und dann ins Center, was essen und was shoppen.

Nehme Platz in der überfüllten U11. Frisur ist hin. Jetzt frühstücken. Mein Amerikaner. Der Zuckerguss klebt immer so schön am Gaumen, den letzten Bissen verstaue ich immer in der linken Backentasche, da hält der gute Geschmack bis Haltestelle Martinstraße.
Spätestens an der Haltestelle Bamlerstraße bin ich eingeschlafen.
Träume so gerne vom Zirkus, nicht von dem zu Hause, sondern dem echten, mit Clowns und Pferden und Hochseil und Kapelle und so.
Muss im Traum gelacht haben, kurz vor der Station Martinstraße werde ich automatisch wach, werde komisch von den Leuten in der Bahn angeglotzt. Alle verstecken sich hinter Bildzeitungen, Brötchentüten und Café Togo (kommt der aus Afrika?).
Ich lache selten, fühle mich aber etwas beschwingt und erholt. Vielleicht auch, weil es zu meiner neuen Stelle geht. Endlich kein Putzen mehr, sondern Arbeiten in Rüttenscheid in einem noblen und bekannten Restaurant in der Emmastraße als Porzellanpflegerhelferassistentin.

Eine Stelle bei einem Sternekoch, der sogar manchmal im Fernsehen ist und immer über mein Essen schimpft.

Aber egal, ich bin im Team. Musste echt eine Bewerbung mit einem Motivationsschreiben für die Stelle besorgen.

Ich konnte mir gar nicht vorstellen, dass es jemanden interessieren könnte, dass ich unbedingt Geld brauche, um meinen Kindern ein besseres Leben zu bieten. Und dass dies nun der wahre Grund war, mich auf diese Stelle zu bewerben.

Also schrieb mir mein Sohn ein paar Zeilen, die er bei Google gefunden hatte. So etwas wie: Ich liebe glänzendes und quietschendes Geschirr, und als ein Kind der Generation Miss Tilly, „ich bade meine Hände sogar in Spülmittel"….

Sowie weiblich, 32 Jahre, vorhandenes Karrierebewusstsein, motivierte und bemühte Schulgängerin, Motivation für Überstunden besteht sowie die Bereitschaft, ein Bezüge vermindertes Praktikum und eine Probezeit durchzuführen.

Und was soll ich sagen. Hier bin ich.

Jetzt bin ich verantwortlich für Spülarbeiten in diesem tollen Laden. Und tatsächlich, ich liebe glänzendes quietschendes Porzellan. Bei uns gab es immer Pizza aus der Packung oder Fritten aus der Schale.
Und es macht Spaß, das sag ich mir jeden Tag. In der Probezeit sollte ich auf etwas Gehalt verzichten. Weniger ist manchmal nichts, so die Praxis, aber theoretisch hat mein Einverständnis die Aussage in meinem Motivationsschreiben unterstrichen. Scheiß Suchmaschinenvorschlag.

Oft und lange höre ich die Geschichten und Leiden der Hilfskochassistenzgehilfin. Ich höre ihr zu, ich bin ein guter Zuhörer, aber hier wohl auch der einzige.

Ihr Mann war Tanklastwagenfahrer, Unfall auf der A 40, kleiner Polo mit 5 Personen, und er, bums, verkohlt wie ein im Ofen vergessenes Filet. Gestern noch passiert. Bekomme die verkohlte Substanz schwer vom Porzellan. Will sie aber nicht hören.

Den Tod ihres Mannes vor 2 Jahren hat sie bis heute nicht verkraftet. Tod ist sowas Endgültiges, sagt sie immer. Der Weg ihres Lebens eine Sackgasse. Maria hilft ihr ein bisschen, die Krönung ihres Tages, und keiner spricht hier von Kaffee. Sie muss nur vorsichtig sein, dass man das nicht zu stark riecht.

Ich bin egoistisch, behalte meine zwei Freuden für mich, Schokolade und den Filetrest von Tisch 12, und teile die Leiden.

Wenn der Müller kommt, steht alles still. Er hat mich auch schon mal begrüßt und gefragt, was ich so tue und ob ich eine Leidenschaft für Lebensmittel habe. Ich sagte Ihm, mein liebstes Obst wäre der Früchtespiegel, so hartnäckig vom Porzellan zu entfernen und die Drachenfrucht. Dann träume ich immer von fernen Ländern.

Warum ist das Essen hier eigentlich so teuer? Ich habe mich nie getraut, das zu fragen. Glückliches Fleisch von glücklichen Ochsen, macht das glücklichere Menschen als Mortadella von Feinkost Albrecht?

Und dann diese Kartoffelstreifen an Tomatenjuice und geschlagener Butter, für 21 €, sieht aus wie Pommes Rot Weiß.

Und die Teller sind nie leer, warum essen die Leute nicht auf, jetzt regnet es schon wieder seit 14 Tagen.

Manchmal darf ich naschen, die Hilfskochassistenzgehilfin steckt mir manchmal eine Herzoginnenkartoffel oder eine Kaiserschote zu. Schmeckt sehr edel und gesund, aber meine Pizza, die hat mehr Geschmack.

Ich tue so, als ob es mir wahnsinnig schmeckt, mit Ketchup geht's.

In der Mittagspause treffe ich mich mit meiner Mutti. Das Leben meiner Mutter mit all ihren Leiden höre ich mir jeden Mittag an. Ich bin wieder die Auserwählte, aber keiner interessiert sich für meins.

Wir sitzen am Stern, es fliegen ein paar Tauben zu Mutti. Sie ist bei den Tauben beliebt, sie ist damit groß geworden, darum das Mitleid. Die armen Dinger, Dreckfresser, Luftratten, Krankheitsbomben.

Aber diese weiße sieht aus wie meine kleine Taube, die ich als Kind hatte, bevor Papa sie in die Suppe getan hat. Habe Ihn dafür gehasst. Mit der habe ich Mitleid. Der eine Fuß ohne Krallen, nur noch ein Humpelstumpen. Am anderen Fuß eine Restzehe. Gut, dass ich noch alle meine Zehen habe. Papas Füße sahen so ähnlich aus, als er älter war. Hatte irgendwie Zucker oder sowas in den Füßen.

Mutter liebt Bienenstich, und es gibt ihn noch trotz Bienensterben, war jetzt im Fernsehen, wegen zu viel Nikotin. Dann sollen die Imker mal weniger rauchen.

Ich beiße in die Kniffte von den Kindern, lecker.

Und dann einen Einkaufszettel machen:
Margarine, Tost, Mortadella, Fleischwurst, Scheiblettenkäse, Nuspli, Fertigpizza, Fertigbaguette, Tiefkühlschnitzel, Tiefkühlkartoffelecken, Ketchup, Majo, Buletten, O-Saft, Bratfett.
Heute 32 € verdient, 6 Stunden spülen, das wird für den Einkauf reichen. Zigaretten, Scheißhauspapier und Cola sind noch da.
Obst mögen die Kinder und mein Freund nicht. Daher esse ich auch keins. Es soll im Übrigen ungesund sein, haben sie im Fernsehen gesagt.
Das haben schon so viele Leute angepackt und ihren Fingernagel reingedrückt. Und das Braune unter den Fingernägeln ist nicht immer Schokolade, das kenne ich von meiner Mutter.

Die Leute, die mit mir hier in Rüttenscheid in die U 11 einsteigen sind alle so schön. Spätestens am Hauptbahnhof ändert sich das spontan. Und dann sehen alle so krank und unglücklich aus, kein Lächeln, nur wieder Bäckertüten und Cafébecher.

Das Mädel gegenüber, puh, die ist aber eine schlechte Fotokopie einer Altenessener Schönheitskönigin, wohl eine Wette gegen den lieben Gott verloren.

Soll das wirklich stimmen, dass man im Norden der Stadt eher stirbt als im Süden. Kann ich nicht glauben. Soll an Essen liegen, ob das in Bochum anders ist?

Die Zechen sind bestimmt schuld und die Tauben, die es früher hier so viel gab. Aber aus den Zechen haben die doch Museen gemacht, für die aus dem Süden.

War auch schon lange nicht mehr in einem Museum. Bergbaumuseum Bochum mit der 9ten Klasse, wir hatten alle so alberne Kutten an und so ein Hütchen. Mir was das so peinlich, war so verknallt in Andreas, mein späterer Mann. Verdammt ist das lange her. Und Kino, mit den Kindern, da muss ich mindestens 2 Tage arbeiten, so mit Nachos und Popcorn und großer Cola.

Mutter ging es heute nicht so gut. Todestag von Papa, ich war 6 Jahre alt.

Fritten Rot Weiß für die Kleinen, mein Freund hat Fußball Rot-Weiß, wird wohl ein Hähnchen auf der Vogelheimer essen.

Ich beiße in meinen Knoppers, abends, halb 10 in Deutschland und schlafe auf dem Sofa ein.

vegetarier.

hey, hier bin ich, hier unten. ihr vollidioten, flachpfeiffen, ihr habt ja keine ahnung.

ich bin der, der das leben auf der erde garantiert, der dafür sorgt, dass aus all dem biologischen müll mutter erde wird und ihr den mond nachts noch sehen könnt.

sonst wärt ihr schon verrottet unter all dem laub, heu und stroh und pferde- und kuhmist.

und das schmeckt verdammt nochmal nicht immer lecker.

doch ihr, ihr hohlköpfe, bevorzugt die biene, weil sie so schön in comics zu zeichnen ist und ihr euch bienenkotze auf sonntagsfrühstücksbrötchen schmiert.

ihr seid so dumm. kommt doch mal hier runter, wahrscheinlich unter eurem niveau, und schiebt tonnen von sogennnantem biologischen abfall von links nach rechts und dann wieder von rechts nach links.

wisst ihr eigentlich, wie beschissen sich das anfühlt, ein wandelnder darm zu sein, kein rückgrat zu haben und bei frühlingsregen angst zu haben zu ertrinken.

und wenn wir mal die sonne genießen wollen, kommen sie in scharen, die gelbschnäbler, und vernichten ganze familien. neulich, mein cousin und seine sippschaft, einfach weg.

darum gehe ich jetzt regenwürmerinnen bumsen. und übrigens, ich bin vegetarier.

Sehnsucht

Romane gelesen von ihren Lippen
das Ende so wahrlich süß bekannt
gefunden den Tod an den steilsten Klippen
den Leichnam gehalten von Ihrer Hand.

Jenes Drama zerwühlte seine Seele
wie einst deine Hand ihr blondes Haar
und auf der Suche nach dem Glücke
zwischen rauschendem Meer und glühendem Sand
zerrissen dein Herz in tausend Stücke
welches verloren und nie wiederfand.

Phantasie und Hass sind dir geblieben
die besten Freunde von Liebe und Glück
und jede Nacht, wenn dich die Träume entführen
wünschst du dir jene Stunden zurück
doch bei Morgengrauen ist alles vergangen
und du denkst, hätt ich mich doch aufgehangen.

Sommer

ich fliege
 chöre
durchbrechen blaue horizonte
 stille
rhythmus meiner seele

büsten aus gips
 verlieren
sich im gerümpel
wirklichkeit
ohnmacht meiner träume

in der gosse
begraben
in schmutzigen armen
gesänge
in d-dur

liebkoste magere
schwäne
frosterstarrte körper
 tränen
benetzen lebloses gewürm

heimische gewässer
 versiegen
starre göttliche blicke
 schwere
zerfällt in sole.

Hallo Ben....

„Hallo Ben, kannst Du mich hören?"

Sehnsüchtig hält Allegra die große weiße Muschel an Ihr Ohr und sagt immer wieder diese Worte, „Hallo Ben, kannst Du mich hören?"

Das leise Rauschen in der Muschel beruhigt sie, ein Mädchen von 9 Jahren, die sich vor lauter Gram in ihr Zimmer zurückgezogen hat.

„Es ist so laut hier."

Kaum zu glauben, denn seit ich denken kann, läuft hier alles immer nur mit Laut und ohne Lachen ab.

Ben hatte Allegra auf einer Insel im indischen Ozean kennengelernt. Ein Junge Ihres Alters. Eigentlich wollte Allegra nicht mehr auf die Insel, nicht ein zweites und ein drittes Mal, weil Papa auch keine Lust mehr hatte.

Eine schöne Insel, die schönsten Strände der Welt. Aber wofür braucht man das, wenn der Rest nicht stimmt.

Und als Mama mal wieder schlechte Laune hatte, weil Papa und das Wetter nicht das taten, was für Sie auf dem Programm stand, ging ich an den Strand. Das Wasser zog mich magisch an, obwohl ich gar nicht schwimmen konnte. Ich verlor den Boden unter den Füßen, doch dann ergriff mich eine Kinderhand. Ben, Du warst es, der mich an den Strand gezogen hattest.

Wir hatten das Gefühl, uns schon mal begegnet zu sein. Wir spielten im Sand, tauschten Spielzeug und Blicke, nur mit der Sprache haperte es noch ein bisschen.

Deine Worte klangen so weich und sanft, aber zuerst konnte ich wenig damit anfangen. Meine waren nur kurz und zurückhaltend. Doch es klappte immer besser.

Scharfe Worte aus dem Hintergrund riefen mich zum Essen. So etwas sinnloses, wo das Leben doch gerade so aufregend ist. Mamas Keifen übertönte Papas sanfte Worte, „lass das Kind doch spielen."

Also verabredete ich mich mit Ben nach Papas Vorschlag für den nächsten Tag. Mama hatte ganz andere Pläne. Strandbesichtigung, dafür waren wir ja schließlich hier. Papa verhandelte einen Kompromiss, da er bemerkte, wie wichtig mir die Begegnung mit Ben war.

Und tatsächlich, als wir am nächsten Tag frühzeitig vom Strand zurück waren, wartete Ben schon sehnsüchtig auf mich. Wir fingen sofort an uns zu erzählen, was wir in den letzten Stunden erlebt hatten. Die Zeit verging im Nu, doch nun kamen schrille Rufe aus der anderen Richtung.

Du musstest nach Hause, Deinem Vater dabei helfen, irgendwelche Fische auszunehmen und auf dem Markt zu verkaufen. Jetzt konnte ich auch den eigenartigen, ganz speziellen Geruch zuordnen, der dich umwehte.

Ich ging zu meinem Papa, der die ganze Zeit aus der Ferne auf mich aufpasste, er gibt mir immer so viel Sicherheit und Geborgenheit. Das Schönste ist, auf seinem weichen Bauch einzuschlafen oder von seinen starken Armen gehalten zu werden.

Und auch die kommenden Tage waren wir immer an derselben Stelle und spielten miteinander. Wir verstanden uns immer besser, und auch die Worte ergaben langsam einen Sinn.

Du wolltest Fischer werden, erzähltest Du mir. Du liebst die Endlosigkeit des Meeres. Du träumst von der Herausforderung, gegen die Natur anzukämpfen, sie zu bändigen und von Ihr zu leben. Ich war überrascht über diese Visionen. Ich hatte zwar auch welche, aber die kamen mir viel zu kindisch und träumerisch vor.

Doch Du wolltest sie unbedingt wissen. „Ja, Astronautin will ich werden, auf dem Mars spazieren gehen, die Weite, das Endlose, den Himmel zu meiner Erde machen, auf der ich wandere, wie der kleine Prinz."

Wir schauten uns an und mussten laut lachen, wir konnten kaum damit aufhören. Wir erkannten, dass wir beide die gleiche Idee hatten. Ganz weit weg von all diesen Dingen, diesen Streitigkeiten, diesen blöden Normen, diesen Zwängen. Und wir wollten kämpfen, das hatten wir gelernt, ich von meinem Vater, Ben von seiner Mutter. Eine herzensgute, liebreizende Frau mit dem Herz am rechten Fleck.

Ja, wir wollten ganz weit weg, uns etwas beweisen, stark sein, und stolz sein, und Teil des Ganzen.

Ja, und die Muschel, die große weiße Muschel ist etwas ganz Besonderes. Bei dem dritten Aufenthalt auf der Insel, mein Papa war leider nicht mehr dabei, er ist im Himmel, habe ich diese Muschel von Ben in meinen Koffer geschmuggelt.

Immer wenn es laut ist, halte ich sie mir ans Ohr, lausche dem leisen Rauschen und stelle mir vor, mit Ben zu telefonieren. Und es ist oft laut zu Hause.

Meine Mutter kennt keine Kompromisse, kein Lachen und keine Ruhe.

Ich bin Ihr Kinderprogramm. Sie hat Papa aus dem Haus getrieben, nie ein gutes Wort, nie eine Lieblichkeit. Immer nur machen, tun, und trotzdem unzufrieden. Die Welt machte es einfach nicht so, wie sie es geplant hat.

Papa hatte dann einen Autounfall, auf gerader Strecke von der Straße abgekommen, eine alte Eiche brach ihm das Genick. Nun ist er im Himmel.

Jetzt will ich erst recht Astronautin werden, meinem liebsten Papa nahe sein, Ihn noch einmal drücken, küssen und riechen. Er roch immer so gut und hatte immer warme Hände. Ich vermisse ihn so doll.

Und Ben hat auch eine Muschel. Sie schimmert wie Perlmutt, ein leichter rosa Farbton mit silbernen Reflektionen, sieht ganz toll aus. Und wenn wir jemanden zum Reden brauchen, tun wir so, als ob wir telefonieren.

Er braucht sie im Moment auch sehr oft, das spüre ich. Er hat drei Brüder. Die sind aber schon von Zuhause ausgerissen, konnten den Vater nicht mehr ertragen. In anderen Ländern herrschen dann doch andere Sitten.

Mein Papa hat mich immer auf Händen getragen, konnte mich immer verlassen auf seine starken Arme. Oft, gerade wenn Mama mal wieder schlechte Laune hatte, lächelt er mich an, er hat zwar dann diesen traurigen Blick, aber ich weiß, er ist immer für mich da.

Aber Bens Vater ist von der See gezeichnet, ich glaube, ich habe ihn nie lachen sehen. Und Ben kann sich auch nicht daran erinnern. Der Vater ist oft tagelang auf See, dann kommt er mit viel Fisch zurück. Der muss geputzt und gewaschen und verkauft werden. Und dann ist er wieder tagelang unterwegs. Wenn er zurück kommt, gibt es oft Schläge.

Ihm und seiner Mutter werden dann verwaschene Worte mit einem faulen Atem nach billigem Rum an den Kopf geworfen, die flache Hand folgt allzu häufig. Nein, das will Ben nicht länger ertragen. Er wollte sich in meinem Koffer verstecken, ich wollte ihn mitnehmen, statt der Muschel. Aber meine Mutter hatte es bemerkt, es gab einen riesen Aufstand. Sie hatte Ben bei seinen Eltern abgeliefert, mit dem Ergebnis einer erneuten Tracht Prügel.

Dabei hatte ich sie so angefleht, dies nicht zu tun.

Ich bewundere Ben. Er spart sich Geld zusammen für ein Fischerboot, das von seinem Vater möchte er nicht. Da merke ich erst, wie gut ich es habe. Ich brauchte nur einen Wunsch äußern, und mein liebster Papa hat ihn mir immer erfüllt. Sicherlich hat er mir erklärt, gehe bitte behutsam mit Deinen Dingen um, andere haben nicht so viel wie Du. Ja, ja, habe ich immer gedacht. Alle meine Freundinnen haben immer noch etwas mehr als ich, vor allen ein Problem für meine Mutter. Wer von den Kindern hat das schönste Kleid an, den auffallendsten Badeanzug und die teuersten Schuhe.

Aber bei Ben habe ich es dann doch verstanden. Sein Zimmer ist klein und dunkel. Er hat kein Spielzeug, keine Bilder an den Wänden, keine Bücher, keine Einhörner, sondern nur ein Kuscheltier, einen alten, blinden Bären. Er sagt, es ist gut, dass der Bär blind ist, da kann er in seinem Zimmer machen was er will, und keiner petzt.

Und in seinem Kleiderschrank liegen 3 Hosen, 3 Hemden und 5 T-Shirts. Das finde ich total ungerecht, habe ihm welche von meinen geschenkt. Purple steht ihm total gut. Aber er zieht das Shirt nur selten an, wegen dem Pegasus, der da drauf ist. Verstehe ich nicht, war doch mein Lieblingsshirt.

Aber wo war ich stehen geblieben? Genau, die Muscheln sind unsere Kommunikatoren. Sobald der eine das Gefühl hat, dem anderen geht es nicht gut, wird zur Muschel gegriffen und zugehört, lange zugehört. Meine Mutter kann das nicht, zuhören. Sie redet immer nur.

Und wenn es uns schlecht geht, können wir die Muschel nehmen und dem anderen erzählen, was uns bedrückt. Und dann, wenn man dann ganz leise ist, hört man ein sanftes Rauschen, und ganz weit in der Ferne die verständnisvolle Stimme des anderen. Das tut gut.

Einmal war meine Muschel verschwunden. Ich war todunglücklich. Sie war als Deko-Objekt im Gäste-Klo gelandet. Ich habe meine Mutter so dermaßen ausgeschimpft. Wir hatten dann mal wieder für eine Woche schlechte Stimmung. Aber das ist ja nichts Neues.

Wenn jetzt nur mein Papa wieder hier wäre. Er würde mich an die Hand nehmen oder auf den Arm. Sein Lächeln würden alle meine Tränen zum Trocknen bringen, und er würde versuchen, das aktuelle Problem zu lösen. Ohne Wenn und Aber, ohne irgendwelche Kommentare, wie wenn, dann, ja, aber……. Die Lieblingswörter meiner Mutter. Immer ist etwas Positives mit einer Konsequenz oder einer Auflage verbunden, schrecklich. Ob Ihre Mutter wohl auch so zu Ihr war. Ich werde das nicht herausfinden.

Und heute, ja, die Muschel, heute war die Auseinandersetzung mal wieder etwas heftiger. Meine Mutter versteht nicht, dass mein Klamottengeschmack ein anderer ist als ihrer. Konfrontation Nummer eins. Ja, und ich esse gerne vor der Schule ein Brot mit Nutella. Konfrontation Nummer zwei. Und ja, ich habe keine Hausaufgaben gemacht. Konfrontation Nummer drei.

Papa hat mir immer Spielraum gelassen, zieh an, was du möchtest, sind Deine Klamotten. Und lieber ein Nutellabrot als mit leerem Magen aus dem Haus. Und Hausaufgaben haben wir dann immer noch schnell zusammen gemacht. Es gab nie Stress und es war nie stressig. Und wenn ich ihn dann gefragt habe, warum das alles so ohne Stress funktioniert, meinte er nur: „Du bist mein liebster Mensch, warum soll ich mich streiten. Und der Stress kommt eh dann, wenn man nicht damit rechnet, und das ist schon genug."

Für Ihn war es immer wichtig, den Tag mit einem Lächeln zu beginnen und vor dem zu Bett gehen immer noch einmal zu lachen, eine gute Geschichte für gute Gedanken und gute Geister in der Nacht. Und dann hatte er mir noch gebeichtet, dass er oft selbst die Hausaufgaben erst im Schulbus gemacht hatte, weil es viel schöner war zu spielen und zu faulenzen.

Aber Papa bekam kein Nutella aufs Brot geschmiert, sondern Vorwürfe, er würde mich verwöhnen. Warte nur ab, wenn das Kind in die Pubertät kommt.

Warum nicht Nutella, waren immer seine Worte. Wer kann, der kann, das Leben ist ein A-Loch und Entbehrungen kommen früh genug. Das gefiel meiner Mutter nicht, eine Untergrabung Ihrer Autorität, waren ihre Worte. Ich sei eine verzogene Rotzgöre. Autsch, damit hat sie mich immer sehr verletzt. Ich habe ihr diesen Triumph jedoch nicht gegönnt, und immer so getan, als ob ich das nicht gehört hätte.

Und dann muss ich immer an Ben denken. Wenn der Vater vom Meer zurückkam, gab es keine Schule für ihn. Die Fische mussten geputzt und auf dem Markt verkauft werden. Und das war nun mal Bens Job. Er liebt die Schule, für mich kaum vorstellbar. Er sagte mir immer, wer Rechnen und Schreiben kann, dem liegt die Welt zu Füßen. Und reich und berühmt kommen von Rechnen und Schreiben.

Verstehe ich zwar nicht, denn mein Papi hat mir erzählt, er wäre auch nie gerne zur Schule gegangen. Das einzig Schöne in der Schule waren die Pausen, die Freunde, der Sport und die Ferien. Und er hätte immer nur so viel gelernt, wie er musste. Und er ist doch ein toller Arzt geworden. Empathisch, sozial kompetent, kollegial, ein Supermann mit tollen und verrückten Ideen.

Aber auch diese Argumente ziehen bei meiner Mutter nicht. Sie war immer die Fleißige, die Strebsame, mit wenig Freunden und wenig Freuden. Und wenn ich über Papa rede, brüllt sie immer unter Tränen, der ist nicht mehr da, er hat uns verlassen. Und heute ist wieder so ein Tag.

Kann ich denn etwas dafür, dass Papa gegangen ist, ist es etwa meine Schuld? Oft war ich Thema der Streitereien zwischen den beiden. Aber Papa hat mich dann immer beschützt. Er versuchte den Aggressionen meiner Mutter immer aus dem Weg zu gehen. Er ging zum Sport oder trank vergorenen Traubensaft. Nichts für Kinder, sagte er immer, das macht Kopfschmerzen.

Ben erzählte mir, er sei ein Streitpunkt bei seinen Eltern. Seine Mama nahm ihn immer in Schutz und in den Arm, dort fühlte er sich geborgen und beschützt. Es war so einfach, ein wenig Glück zu tanken. Doch sein Vater schimpfte nur und schlug auf ihn ein, wenn er zum Beispiel nicht alle Fische auf dem Markt verkauft hatte. Konnte er etwas dazu?

Wie gesagt, heute ist die Stimmung besonders schlecht, Papi ist seit 2 Jahren fort. Heute vor genau 2 Jahren war der Unfall. Ich habe immer gehofft, Papa steht gleich wieder in der Tür. Er kam fast immer zum richtigen Zeitpunkt, um die Situation zu retten, mein Einhorn zu reparieren oder meine Hausaufgaben zu korrigieren.

Ich warte bis heute, daß macht mich sehr, sehr traurig. Daher halte ich meine Muschel nun schon über eine Stunde an mein Ohr. „Hallo Ben……"

„Hilf mir bitte, mein Leben rinnt gerade an einem roten Faden an meinem Arm herab."

„Was soll ich tun?" Habe gerade alle meine Illusionen verloren, will in den Himmel zu meinem Papa."

Die Muschel wird immer schwerer, verändert ihre Farbe, ein helles Rot. Mir wird ganz warm. Einhörner und Pegasüsse schweben durch mein Zimmer.

Plötzlich ein Knall. Die Muschel ist mir aus der Hand gerutscht. Der laute Knall ruft meine Mutter auf den Plan.

Ganz leise nehme ich noch ihre hysterischen Schreie wahr. „Hilfe, warum, der gute Teppich!"

Männer mit roten Jacken und Gummihandschuhen legen mich auf eine kalte Liege.

Die Muschel ist noch heile, nur eine Zacke abgebrochen. Papa wird sie reparieren, ich freue mich darauf, wie er sie reparieren wird, und meinen Arm, mein Herz und mein Leben.

Greife nach der Muschel. „Hallo Ben, gehe jetzt meinen Papa besuchen".

Nach zwei Tagen liege ich in meinem Kinderzimmer. Meinem Papa bin ich begegnet, für wenige Minuten. Er sagte mir, er freue sich darauf mich zu sehen, aber ich solle noch ein wenig auf der Erde bleiben.

Ich greife nach der Muschel. „Hallo Ben, ich muss Dir was erzählen, hatte meinen Papa besucht, bin auf einem Einhorn zu ihm geritten. Es war wundervoll. Er hat alles repariert".

Wein

Wein
Benetzt die Lippen
Sanft
Benetzt den Geist
Ein zarter Blick.

Knospen
Vom wilden Rosenstrauch
Beeren
Und wilde Orchideen.

Eichenholz
Ein warmes knistert
Der Schwefel der Flamme
In tiefem Rot.

Nur Tränen süßer
Das Ziel der Reise
Längst vergessen
Ein leeres Glas.

Kapitel 2

Herein, herein, ………………… verdammt, wer oder was klopft denn da ………………

Es dauerte einige Zeit bis er bemerkte, dass die von billigem Rotwein aufgeschwollenen Hirnwindungen sich von innen an die Schädelkalotte drückten und nun im Rhythmus des Herzschlages anklopften.

Stimmen sind aus der Ferne zu hören, ein Deckenventilator zerschneidet mit Gelassenheit die schwere, rauchverhangene Luft, die Sonne fängt sich flimmernd an dunklen Fensterläden.

Es musste gegen Mittag sein. Er raffte sich auf, stolpernd über leere Flaschen unkoordiniert hin zum Wasserhahn. Das Waschbecken verdreckt mit Essensresten, wohl von den vergangenen Mahlzeiten, provoziert einen erneuten Schwall aus Bohnen, Speck und beißender Gallenflüssigkeit.

Alles dahin, warum nur haben mir diese Menschen mein Leben zerstört, alles genommen. Das war so nicht geplant, nein, so nicht.

Zum Frühstück ein Whisky und eine Zigarette, der Kopfschmerz lässt nach, der Blick etwas klarer, die Realität dafür grausamer.

Raus aus diesem Loch, für einen kurzen Moment Herr der Lage zu sein, ein Plan, ein Ziel…………………

Die Zunge brennt, Durst. Einen zweiten Whisky gegen den schlechten Geschmack, einen dritten gegen die Hässlichkeit dieser Welt. Ein breites Grinsen des zahnlosen Wirtes in einer Kaschemme, Stimmengewirr, langsam ist es zu ertragen, all dies………………

Und wieder endet ein Tag inmitten von brasilianischen Nutten, eine hässlicher als die andere, sie kichern, lästern, als er lallend nach einem Taxi brüllt und weint... Angst vor diesem Albtraum............

Wieder und wieder dieses bunte Stück Stoff als Spielzeug des Windes, ein kaltes starres Seil, welches in dieser zarten Haut des Halses hässliche Druckmarken hinterlässt, und ein lebloser Körper, blass, inmitten diesem saftigen Grün....................... neinnnnnnnnnnnnnnnnnnnn.

Warum macht den keiner etwas, warum merkt denn keiner etwas............

Nur noch einen Schluck aus der Flasche, noch eine Zigarette...............

Hastig verlässt er diesen Ort der Schuld, mit dem Feuerwerk von Erinnerungen, unklar wohin, einfach raus, weg, ... schnell, schneller, weg.

Regen drückt das klebrige Haar an die Stirn, Salz über Wangen verrinnt, unklare Worte, ein Wimmern, Faseln. kein Blick, kein Ziel, kein Weg.................

Bang.................

Ein heranrasender Lkw erwischt ihn mit voller Wucht. Blut und Hirn spritzen an die Windschutzscheibe, der Scheibenwischer hat Mühe, die letzten Gedanken von der Scheibe zu wischen.

Ein Aufspringen der Fahrerkanzel, kurz, als das Vorderrad den Brustkorb überrollt und zerquetscht, ein zweites Hüpfen, das Hinterrad, das nun auch Becken und Extremitäten zu einer blutigen Masse zermalmen.

Der Fahrer, Vater von 7 Kindern, Mann von 3 Frauen, Schuldner von vielen tausend Dollar, mit den Gedanken an ein Feierabendbier, vermutet einen verwilderten

Hund unter den Reifen. Der Regen, die schlechte Sicht,
die Zigarette und das Telefon, und gibt Gas......
Der Regen spült den Dreck schon weg, einen räudigen
Hund wird schon keiner vermissen.

Einsam

Ich sitze auf dem Sofa,
wie eh und je,
mit einer Flasche Bier, einer Zigarette, Füße hoch und
Glotze an.
Doch meine Frau meinte immer,
Junge, tu das nicht, lass das, es macht mich krank.

Es ist irgendwann im Mai,
wie eh und je,
ein Surren im Hintergrund,
die Mäher der Nachbarn,
ein Lachen, die Kinder,
der Geruch von Bratwurst, gegenüber auf dem Balkon.
Doch meine Frau schimpfte immer,
dieser Lärm, diese Rotzblagen, dieser Gestank.

Es ist irgendwo in Essen,
wie eh und je,
Stau auf der A 40,
Überfall auf Rentnerin Vogelheimer Straße
und Viele keine Arbeit.
Doch meine Frau sagte immer,
nimm die Bahn, das geht schneller,
was läuft die alte Frau auch daher,
und bring wenigstens den Müll runter.

Es ist irgendwie einsam,
und nicht wie eh und je,
keine Frau, die immer meint,
keine Frau, die immer schimpft,

keine Frau, die immer sagt.

Ich sitze auf dem Sofa,
und, je voller der Ascher, desto stiller wird es,
doch leeren muss ich ihn nun selber,
und, je leerer die Flasche, desto weniger Lachen höre
ich,
doch eine neue muss ich mir jetzt selber holen.
Und, je später es wird, desto mehr Hunger bekomme
ich.
Doch kochen tut hier keiner mehr,
und, kein Fluchen, Meckern, Meinen.

Ich hole mir noch eine Flasche,
eine je Abend hatte ich mir geschworen,
der Kasten halb leer,
und es ist doch erst Dienstag.

hallo, alles gut?

muss dich schnell noch mal anrufen, es ist so ein tag, wo ich gerne überall wäre, nur nicht hier.

du gehst nicht ran. will mit dir reden, mit mir selbst kann ich es grad nicht. die halbwertszeit meiner guten laune geht gegen null.

nochmal schnell deine nummer, besetzt. meine reaktion jetzt nicht kalkulierbar, nach dem schlechten kaffee. ich muss mich ablenken, um nicht zu laut die stille zu hören.

kann ich jetzt wissen, was sein wird, was die erinnerung festhält?

wahlwiederholung, freiton, endlich, sekunden, du gehst nicht ran.

wie hat sich mein leben verändert durch dich. geht es bei uns um liebe oder etwas anderes, um verrückte ideen?

geht es dir gut? nicht dass wieder ein roter faden deines lebens an deinem arm herabrinnt. es ist nicht lange her, als ich dich so fand, du wolltest dir deine liebe herausschneiden.

und da verliebte ich mich in diese komplizierte idee, renne der ekstase der liebe hinterher, damit etwas passiert. ausbrechen aus der gewöhnlichkeit, ordinarität meiner gedanken. für diese liebe gab es keine generalprobe.

wahlwiederholung, besetzt.

ein kurzer text von mir "alles gut"?

antwort "melde mich, mach kein stress, ich mag keine worte, wenn es um liebe geht "!

Picknick

Heute ist der gefühlt wärmste Tag des Jahres mit der Voraussage einer tropischen Nacht. Das wird dann wieder warm in meiner Bude unterm Dach.

Jetzt nach der Schicht kommt aber erst einmal die Sehnsucht nach der Sucht, Heißhunger, Eishunger. Ab ins Sorrellies auf der Rüttenscheider. Die Warteschlange ist überschaubar, stelle mich verschwitzt zwischen all diese schönen Menschen.

Oh, der kleine Mann im Kinderwagen, angeschnallt der Kleine, damit er bei seinen heftigen Vor- und Rückwärtsbewegungen nicht aus dem Wagen fällt, sieht nicht gesund aus. Aber als 6-Jähriger wartet er wie jedes Kind auf sein Eis. Seine Oma reicht ihm ein Hörnchen mit Schokokugel, welche er mit Freuden und viel Speichelfluss beginnt zu essen. Seine Mutter, ein hübsches Ding, sitzt mit ihrer kurzen hellen Hose und der rosa Bluse vor ihm.

Plötzlich und unerwartet, ein Verschlucken und ein Husten des Kleinen, und das Schokoeis landet auf den Schenkeln und dem Outfit von Mama. Der Ausflug findet spontan eine Wendung. Ich bin wohl der Einzige, der den Anblick von Schokoladeneis auf diesen schönen Beinen appetitlich findet.

„Hallo, was wünschen Sie"?, höre ich aus dem Hintergrund. „Gesalzene Erdnüsse, zwei Kugeln in einem großen Hörnchen", meine spontane Auswahl.

„3,60 € bitte, danke". Wo sind die Zeiten hin, wo eine Kugel Eis noch einen Groschen kostete. Bin ich schon so alt?

Noch etwas geknickt von dem Schicksal dieses Kindes mach ich mich auf den Weg nach Hause, heißt

Rembrandtstraße. Zum Einkaufen habe ich bei der Hitze keine Lust mehr.

Die gesalzenen Erdnüsse versüßen mir den Weg und die Stufen in meine Dachgeschosswohnung. Diese ist gähnend leer und etwas lieblos eingerichtet. Inneneinrichtung kenne ich nur aus Frauenzeitschriften und „Schöner Wohnen".

Und ebenso gähnt mich der Kühlschrank an. Nur belanglose Dinge wie Senf, Ketchup und ein Glas Kapern. Die letzten Eier hatte ich meiner Nachbarin gegeben. Sie war nicht zum Einkaufen gekommen, hat einen kleinen Jungen und einen Hund und eine psychische Auffälligkeit.

Sie sprach mal darüber, sie sei „ampelvalent" oder so. Und sie befand sich zum Zeitpunkt der fehlenden Einkäufe wohl in der Rotphase der Erkrankung. Nichts geht mehr, absoluter Nullpunkt. Habe ich mal gelesen, in einer Patientenakte. In der Grünphase habe ich sie leider noch nie erlebt.

Und in ihrer Wohnung roch es wie bei mir im Archiv, naja, ein Hund, ein Kind mit Windeln, und dann Dachgeschoss bei gefühlten 35 Grad. Da muss der Anspruch schon mal etwas herabgeschraubt werden.

Stichwort Archiv, ja, ich arbeite im Archiv, Klinikum, Karteikarten sortieren und digitalisieren. Ich schaffe meinen Arbeitsplatz ab. Aber ich arbeite langsam, habe noch einige Tausend Seiten Patientengeschichten vor mir. Vielleicht reicht es bis zur Rente.

In der Mittagspause gehe ich immer im Kittel zum Essen. Ich wurde sogar schon mal angesprochen, ob ich Arzt wäre. Ich sagte spontan "Nein, nein", ich arbeite etwas tiefer in der Hierarchie. Aber die Mensa ist der einzige Ort, wo ich fremde Menschen sehe und ins Gespräch komme, so über das Frontcooking und das Wetter.

Ja genau, das Wetter. Das ist ja aktuell ein ganz heißes Thema. Ab 18 Uhr hat die Gruga freien Eintritt. Ich suche mir ein ruhiges Plätzchen und lege mich auf den Rasen. Der Geruch von Grillgut, das Lachen von spielenden Kindern und ein laues Lüftchen geben mir ein wenig das Gefühl von Urlaub.

Ein Stück Käse, was ich noch im Gefrierfach gefunden hatte, und eine Flasche Rotwein liegen neben mir und warten darauf, mit mir die Urlaubstimmung zu teilen. Nun liege ich auf dem Rücken und beginne in den vorbeiziehenden Wolken Figuren zu raten. Ein Spiel, welches ich gerne mit meiner Tochter gespielt hatte. Fast täglich, wenn wir hier waren. Doch man hat mir mein Töchterchen genommen und mein Herz und mein Leben.

Was fliegt da vorbei? Ein Krokodil? Ja, schni, schna, schnappi, genau. Und dort ein Hasilein, erinnert mich an Ostern letztes Jahr. Zu Ostern letzten Jahres hatte ich ein Abo in Pech für Anfänger gewonnen. Leider hatte ich vergessen, dieses Abo wieder abzubestellen. Meine Tochter packte mir jeden Tag in rosa Einhorn Papier ein. Da kann ein Tag nur schön werden.

Mittlerweile wird das Drehbuch meines Lebens durch andere geschrieben. Was immer wieder für eine Überraschung gut ist. Es fließt dahin das Leben, wie der Rhein - Herne - Kanal. Manchmal stinkt es auch so. Lache vor mich hin, um meine Laune zu verbessern. Im Prinzip das Einzige, was ich habe, mich selbst. Und hilflos dem Neuen gegenüber.

Ich schere mich selten darum, was die Welt denkt, denn keiner kennt meine Welt, schert sich um mich. Der warme Chateau Migräne steigt mir langsam zu Kopf.

Ah, da ist meine Nachbarin, die mit dem Kind und dem Hund und diesmal mit einem netten Typen. Der hat wohl seine Tochter dabei. Er scheint seine Tochter und meine Nachbarin über alles zu lieben.

Diese Blicke, diese Berührungen, so behutsam. Jetzt hat der Junge endlich eine Spielkameradin, wow, ein Engelchen. Und all diese leckeren Sachen, die sie auf ihrer Picknickdecke haben. Gleich platzen die Erdbeeren in der Sonne vor Erotik, vor Spannung, vor Leidenschaft.

Die Kinder spielen schreiend und laut. Er legt seine Hände sanft auf Ihren Nacken und auf Ihre Stirn. Es macht mich glücklich für sie.

Sie war doch da so traurig, als die Ampel mal wieder auf Rot war und ich das Omelette für den Jungen gemacht hatte. Dann bin ich für Sie auch mal mit dem Hund raus. Sterben kann manchmal schöner sein als Leben, hat sie gesagt. Sie hat so Recht.

In diesem Moment wird sie dieses aber wohl vergessen haben. In diesem Moment, ihr Leben ein anderes, ein glückliches. Ich öffne meinen Käse, Gouda mittelalt, wie ich 48, mehr als die Hälfte wohl hinter mir. Aber es lohnt nicht zurückzuschauen. Haltbarkeitsdatum vor zwei Jahren abgelaufen. Dann ist er ja sogar mit mir umgezogen. Ein Relikt aus meinem früheren Leben. Zank und Hoffnung, Sein und Nichtsein bis zum Zerbersten. Wie das Porzellan, welches ich mit dem gesamten Abendessen an die Wand gepfeffert hatte, bähm.

Und nun sehne ich mich zurück danach, Tatar mit Kapern und Liebe selbstgemacht, Kartoffelsalat und hauchdünn geschnittener Schinken, dazu das Lachen meiner Tochter, wenn wir um die Wette Grimassen geschnitten hatten, wie frisches Brot vom Bäcker, unperfekt, aber einzigartig. Ich muss weinen, heule in den kurzgeschnittenen Rasen, kriege mich kaum wieder ein.

Das Kinderlachen weckt mich, ein Ball ist neben mir auf meinem Käse gelandet. Bei den Blicken der Kinder kann ich nicht böse sein, werfe den Ball zurück und schneide dicke Scheiben vom Käse herunter. Einen Klecks Senf und ein Schluck Roten aus der Flasche. Was braucht man mehr? Ich glaube eine ganze Menge. Vielleicht Brot und Hartwurst, das wäre jetzt schön.

Mein Blick fällt erneut auf meine Nachbarin. Da ist so viel Knistern in der Luft, wow. Jetzt will sie mit ihm schimpfen, dem neuen Freund, doch er umschließt sie einfach mit seinen starken Armen und gibt ihr Halt. Er lächelt zurück, berührt ihr Gesicht, ihre Lippen, er strahlt so viel Ruhe aus. Einer deutschen Eiche gleich. Aus Spaß trommelt sie mit Ihren Händen auf ihm herum. Der Glanz seiner Augen schenkt ihr Glück, perfekt. Dieses Pärchen, die lachenden Kinder, der Hund, einfach perfekt, ein Bilderbuchpaar, oder zumindest für eine Kurzgeschichte.

So einen Moment muss man festhalten, Glück pur, unverwüstlich, einfach Liebe. Muss wieder heulen.

Ich muss eingeschlafen sein. Der Wein ist leer, der Rest vom Käse liegt 10 Meter entfernt und wird von einer Elster zerrissen, ok., dann hat sich das Essen erledigt. Der Rasen ist feucht und kalt, ein Schauer überkommt mich. Ein Blick auf die Uhr, ups 6.30 Uhr. Dann muss ich gleich los. Schichtbeginn um 7.00 Uhr. Denke wieder an die beiden mit den Kindern.

Kann mich an so viel Liebe in meinem Leben nicht erinnern, selbst wenn ich alles zusammenziehe. Die Elster krächzte dankend und macht sich mit dem letzten Stück Käse davon. Der Weg zur Orangerie zieht sich, die ersten Jogger kommen mir entgegen. Was die wohl für ein Ziel haben? Hat man ein Ziel, wenn man im Kreis läuft?

Die Esmarch-Straße hoch, beim Bäcker noch wacker „Sportsfreunde" holen, meine Lieblingsbrötchen und mein Beitrag zum aktuellen Bewegungshype. Ich ziehe meinen Kittel an und fühle mich direkt größer. Etwas mehr Mensch. Guten Morgen Herr Professor, schönen Tag Herr Professor, aber nichts, wie jeden Morgen. Er ist wohl zu beschäftigt sowie seine Sekretärin, die hat auch keine Zeit zum Grüßen.

Sitze an meinem Schreibtisch. Die Neonröhren summen und flackern und tanzen zum stöhnenden Pfeifen der Kaffeemaschine. Die letzten Tropfen fallen lautlos in den Filter, belege meine Brötchen mit Schokocreme und Scheibletten. So kann der Tag beginnen. Wettervorhersage: wird wieder heiß. Wird vielleicht ein schöner Tag. Vielleicht esse ich heute Nachmittag ein Eis.

Meine eigene Geschichte: